就是他？

我們班的新同學
斑傑明·馬利

文·圖⇨賴馬

掰掰！

我ㄨㄛˇ們ㄇㄣ˙班ㄅㄢ轉ㄓㄨㄢˇ來ㄌㄞˊ了ㄌㄜ˙一ㄧ位ㄨㄟˋ新ㄒㄧㄣ同ㄊㄨㄥˊ學ㄒㄩㄝˊ，
斑ㄅㄢ傑ㄐㄧㄝˊ明ㄇㄧㄥˊ‧馬ㄇㄚˇ利ㄌㄧˋ。

他長得和我們不一樣，
可是，又好像一樣。

我ㄨㄛˇ們ㄇㄣ˙一ㄧˋ起ㄑㄧˇ上ㄕㄤˋ課ㄎㄜˋ。

馬字的演變

甲骨文 → 金文 → 小篆 → 隸書 → 馬

立起的鬃毛

黑色皮膚
黑毛與白毛相間

小ㄒㄧㄠˇ朋ㄆㄥˊ友ㄧㄡˇ，今ㄐㄧㄣ天ㄊㄧㄢ
我ㄨㄛˇ們ㄇㄣ˙來ㄌㄞˊ認ㄖㄣˋ識ㄕˋ
「馬ㄇㄚˇ」。

額毛
鬃毛
骨頭
頭
頸
背 腰
臀
尾巴
腹 大腿 長毛
膝
蹄

斑馬和馬都是
馬科馬屬。

耳小直立

斑馬

馬

尾有長毛

原ㄩㄢˊ來ㄌㄞˊ斑ㄅㄢ
馬ㄇㄚˇ是ㄕˋ黑ㄏㄟ
皮ㄆㄧˊ膚ㄈㄨ。

我們一起唱歌。

我们們一一起玩玩積木木。

我們一起玩耍。

校長好。

馬點點，
要小心喔。

木馬遊戲區是我們最喜歡的地方。

我們一起吃午餐。

今天有我最愛吃的甜玉米。

我們一起睡午覺。

我們一起猜
有「馬」的成語和俚語。

我們一起參加運動會。

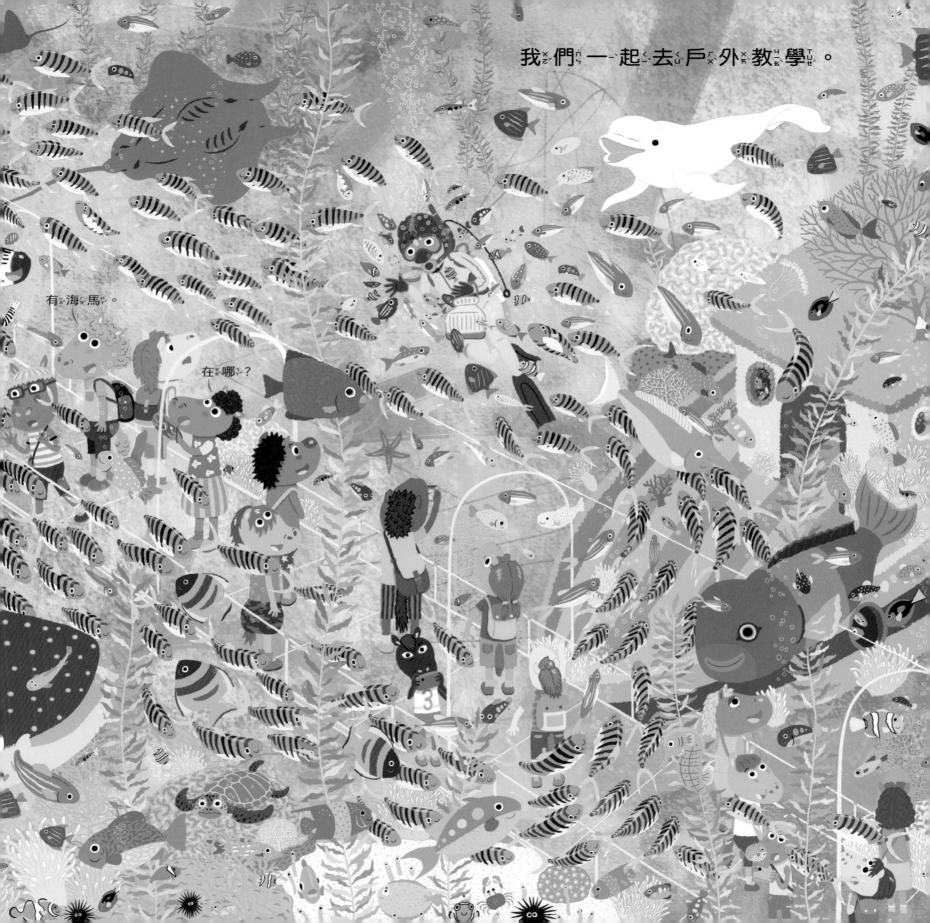

我們一起去戶外教學。

有海馬。

在哪？

不ㄅㄨˋ給ㄍㄟˇ糖ㄊㄤˊ就ㄐㄧㄡˋ搗ㄉㄠˇ蛋ㄉㄢˋ！

我ㄨㄛˇ們ㄇㄣ˙一ㄧˋ起ㄑㄧˇ妝ㄓㄨㄤ扮ㄅㄢˋ。

我們一起聽故事。

阿古力大叫一聲！
沒想到，
噴出了大火！

哇！

斑傑明，是你的斑馬線耶！

我們一起放學。

我ˇ發ˇ現ˇ！

斑ˊ傑ˊ明ˊ跟ˉ我ˇ一ˉ樣ˋ，

左邊瞧瞧右邊瞧瞧，蹦噗立蹦噗立好熱鬧。

啊ˋ！

也ㄝˇ會ㄏㄨㄟˋ挖ㄨ鼻ㄅㄧˊ孔ㄎㄨㄥˇ！

斑傑明也不喜歡吃青椒。

跟我一樣。

斑傑明中午也睡不著。

跟我一樣。

斑傑明跟我一樣缺兩顆門牙。

斑傑明吃飯很快，大便也很快。

嗚～

斑傑明看太陽會打噴嚏。

斑傑明也會感冒。

我媽媽也會耶！

哈啾!!

哈啾!!

斑ㄅㄢ傑ㄐㄧㄝ明ㄇㄧㄥ也ㄧㄝ會ㄏㄨㄟ生ㄕㄥ氣ㄑㄧ。

斑ㄅㄢ傑ㄐㄧㄝ明ㄇㄧㄥ也ㄧㄝ會ㄏㄨㄟ犯ㄈㄢ規ㄍㄨㄟ受ㄕㄡ處ㄔㄨ罰ㄈㄚ。

斑ㄅㄢ傑ㄐㄧㄝ明ㄇㄧㄥ輸ㄕㄨ了ㄌㄜ會ㄏㄨㄟ流ㄌㄧㄡ眼ㄧㄢ淚ㄌㄟ，感ㄍㄢ動ㄉㄨㄥ也ㄧㄝ會ㄏㄨㄟ流ㄌㄧㄡ眼ㄧㄢ淚ㄌㄟ。

嗚ㄨ嗚ㄨ，我ㄨㄛ們ㄇㄣ輸ㄕㄨ了ㄌㄜ。

大部份的時候斑傑明都
超級開心。

我ㄨㄛˇ還ㄏㄞˊ知ㄓ道ㄉㄠˋ……

斑傑明跟馬樂樂一樣，
講話也小小聲。

非洲在哪裡啊？
我也好想去看看喔。

我之前住在非洲的吉利馬札羅山旁邊，我們班同學都是斑馬，而且每一個斑馬的斑紋都不一樣。

你們在說什麼啊？

打噴嚏卻很大聲。

哈啾！

嚇！

哇，我以為只有我爸打噴嚏這麼大聲。

斑傑明也很怕打針。

嗚嗚，
我要媽媽。

一下子就
好了，你
好勇敢。

嗯！

斑傑明也很勇敢。

斑傑明記性好。

1號馬小希、2號馬小白、3號馬小黑、
4號馬多多、5號馬小皮、6號馬丁、
7號馬點點、8號馬小米、9號馬小寶、
10號馬豆豆、11號馬呱呱、
12號斑傑明‧馬利。

16號馬貝貝、17號馬穎穎、
18號馬小滴、19號馬叮叮、
20號馬樂樂、21號馬嘉嘉、
22號馬妮妮、23號馬朵朵、
24號馬安安、25號馬靜靜、
26號馬琦琦。

斑傑明很搞笑又有禮貌。

楊老師
早安！

斑傑明也喜歡踩水坑。

斑傑明也常弄丟鉛筆。

斑傑明也會臉紅。

斑傑明也會交叉跳繩。

斑傑明的爸爸媽媽也很愛生氣。

還ㄏㄞˊ有ㄧㄡˇ， 斑ㄅㄢ傑ㄐㄧㄝˊ明ㄇㄧㄥˊ也ㄧㄝˇ喜ㄒㄧˇ歡ㄏㄨㄢ抱ㄅㄠˋ抱ㄅㄠˋ，
要ㄧㄠˋ媽ㄇㄚ媽ㄇㄚ陪ㄆㄟˊ才ㄘㄞˊ睡ㄕㄨㄟˋ得ㄉㄜ˙著ㄓㄠˊ。

今ㄐㄧㄣ天ㄊㄧㄢ在ㄗㄞˋ學ㄒㄩㄝˊ校ㄒㄧㄠˋ
怎ㄗㄣˇ麼ㄇㄜ˙樣ㄧㄤˋ啊ㄚ˙？

很ㄏㄣˇ好ㄏㄠˇ玩ㄨㄢˊ，
大ㄉㄚˋ家ㄐㄧㄚ都ㄉㄡ對ㄉㄨㄟˋ我ㄨㄛˇ很ㄏㄣˇ好ㄏㄠˇ。

我們班轉來一位新同學。
他叫斑傑明・馬利。

原來，
斑傑明‧馬利跟我們都一樣。

耶（一ㄝˊ）——

只是長得有點不一樣。

作者的話

一年多前，我們家從台東移居到台北，
三個孩子都成了轉學生，展開了一段體驗新環境的歷程。
他們被打量著、也觀察著四周，陪著他們走過這個過程，
於是漸漸形成了這個故事。
我想每個人，或多或少都有一些與眾不同。
我們該怎麼告訴孩子，如何去看待自己與別人的不同呢？
也許藉由故事與畫面，能輕易地讓就算很小的孩子也理解接納與同理。
接納別人、也是接納自己。看待不同，用的不該是有色的眼鏡，
讓我們帶著孩子一起拿出萬花筒，去欣賞這個有趣而多元的世界。
主角斑傑明的性格與習性都是以我家小兒子阿咕為原型。
記性好、愛搞笑、看太陽會打噴涕、睡覺時一定要跟媽媽抱抱......
畫著畫著，最後竟然連神情也變得非常像他，
我很喜歡。希望大家也喜歡這個故事^^

2021年1月1日

小兒子畫的爸爸

賴馬

繪本作家，育有二女一子，創作靈感皆來自生活感受。
創作二十餘年，繪本作品共有15本。
作品亦被翻譯、發行多國語言，目前圖像授權及發展多樣週邊商品，
故事也改編成音樂劇、舞台劇等演出形式。
編寫故事首重創意，講究邏輯。賴馬擅長圖像語言，
形象幽默可愛，構圖嚴謹巧妙，並處處暗藏巧思，是賴馬繪本的特色。
多年來深受孩子和家長喜愛，每一部作品都成為親子共讀的經典。
獲獎無數，如圖書最高榮譽兒童及少年圖書金鼎獎等，
更曾榮登博客來華人百大暢銷作家第一名，是首位獲此殊榮的本土兒童圖畫書創作者。

主要作品

《我變成一隻噴火龍了！》、《帕拉帕拉山的妖怪》、《早起的一天》、《我和我家附近的流浪狗》、
《慌張先生》、《胖先生和高大個》（與楊麗玲合著）、《金太陽 銀太陽》、《十二生肖的故事》、
《猜一猜 我是誰？》、《愛哭公主》（與賴曉妍合著）、《生氣王子》、《勇敢小火車》（與賴曉妍合著）、
《朱瑞福的游泳課》（與賴曉妍合著）、《最棒的禮物》、《我們班的新同學 斑傑明・馬利》。

她_{ㄊㄚ}長_{ㄓㄤˇ}得_{ㄉㄜ˙}有_{ㄧㄡˇ}點_{ㄉㄧㄢˇ}不_{ㄅㄨˋ}一_ㄧ樣_{ㄧㄤˋ}……

大_{ㄉㄚˋ}家_{ㄐㄧㄚ}好_{ㄏㄠˇ}！
我_{ㄨㄛˇ}是_{ㄕˋ}優_{ㄧㄡ}妮_{ㄋㄧˊ}寇_{ㄎㄡˋ}兒_{ㄦˊ}。

《小馬》 曲/世界民謠 詞/綠佑佑

可愛 小 馬 年 紀 小 小，開 開 心 心 上 學 校。
可愛 小 馬 年 紀 小 小，微 笑 點 頭 問 聲 好。
可愛 小 馬 好 淘 氣 呀，跑 到 泥 地 玩 遊 戲。
可愛 小 馬 髒 兮 兮 呀，跑 到 河 邊 洗 身 體。

左 邊 瞧 瞧 右 邊 瞧 瞧，蹦 噗 立 蹦 噗 立 好 熱 鬧。
朋 友 你 好 老 師 你 好，蹦 噗 立 蹦 噗 立 有 禮 貌。
前 腳 踢 踢 後 腳 踢 踢，蹦 噗 立 蹦 噗 立 全 身 泥。
頭 兒 洗 洗 尾 巴 洗 洗，蹦 噗 立 蹦 噗 立 好 乾 淨。

我們班的新同學 斑傑明・馬利

作繪者｜賴馬
封面、內頁手寫字｜賴拓希
封面設計｜賴曉妍
繪圖協力｜賴曉妍、賴坤龍
責任編輯｜黃雅妮　美術編輯｜賴曉妍
美術設計｜賴曉妍、賴馬
行銷企劃｜高嘉吟、吳函臻
天下雜誌群創辦人｜殷允芃
董事長兼執行長｜何琦瑜
媒體暨產品事業群
總經理｜游玉雪　副總經理｜林彥傑
總編輯｜林欣靜　行銷總監｜林育菁
副總監｜蔡忠琦　版權主任｜何晨瑋、黃微真

出版者｜親子天下股份有限公司
地址｜台北市104　建國北路一段96號4樓
電話｜（02）2509-2800　傳真｜（02）2509-2462
網址｜ www.parenting.com.tw
讀者服務專線｜（02）2662-0332　週一～週五：09:00～17:30
傳真｜（02）2662-6048　客服信箱｜parenting@cw.com.tw
法律顧問｜台英國際商務法律事務所・羅明通律師
製版印刷｜中原造像股份有限公司
總經銷｜大和圖書有限公司　電話：（02）8990-2588

出版日期｜2021年1月第一版第一次印行
　　　　　2024年5月第一版第九次印行
定價｜380元　書號｜BKKP0265P
ISBN 978-957-503-758-1（精裝）

──────── 訂購服務 ────────

親子天下Shopping｜shopping.parenting.com.tw
海外・大量訂購｜parenting@cw.com.tw
書香花園｜台北市建國北路二段6巷11號　電話（02）2506-1635
劃撥帳號｜50331356 親子天下股份有限公司

不過，她跟我們一樣會放屁。